AF466609

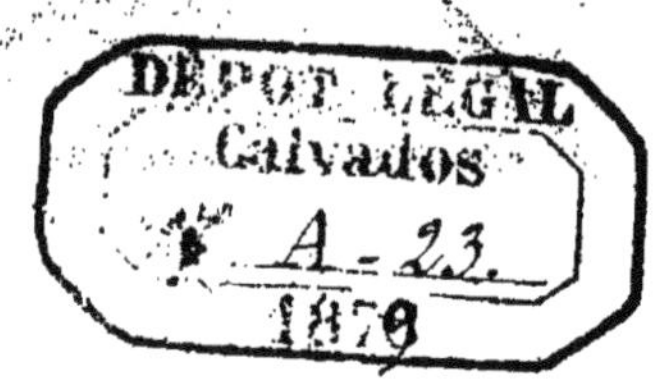

A TOI

POÉSIES

CAEN
IMPRIMERIE F. LE BLANC-HARDEL
Rue Froide, 2 & 4

1879

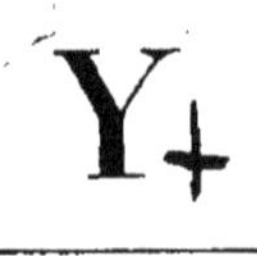

A TOI

POÉSIES

CAEN

IMPRIMERIE F. LE BLANC-HARDEL

Rue Froide, 2 & 4

—

1879

I.

Allez vers elle, ô mes pensées
Que fit éclore son regard ;
Fleurs printanières que mon art,
Pour son chaste front, a tressées.

Puisse, à vos senteurs composées
D'absinthe amère la plupart,
Son cœur touché mettre à l'écart
Toutes ses cruautés passées.

Allez, mes vers, mon doux trésor ;
Dites-lui tous mes rêves d'or ;
Dites-lui toutes mes alarmes.

Si le doute en est le retour,
Dites-lui : « C'est bien de l'amour,
Car on n'y trouve que des larmes ! »

★

II.

Quand ton regard s'abat sur moi, qui, goutte à goutte,
Des pleurs des opprimés extrait l'hymne vengeur,
De ma lèvre de feu fuit la haine, et j'ajoute
Aux cordes de mon luth les fibres de mon cœur.

Chantre des libertés, la tyrannie absoute
N'émeut plus mon courroux sur son néant vainqueur;
Et la terre et le ciel — l'amertume et le doute —
Tout passe et disparaît dans ton rire moqueur.

Comme on met une fleur dans les feuillets d'un livre,
Soit pour les embaumer des senteurs qu'elle livre,
Soit pour y réfléchir son contour diapré ;

Dans ma sombre harmonie où tu brilles, mutine,
Traçant en divers tons mon amour, Albertine,
Je parfume mes vers de ton nom adoré.

*

III.

Ainsi dans la voûte éclaircie
L'alouette au matin montant,
Enivrée, à l'astre éclatant,
Jette sa riche fantaisie ;

Ainsi ma pensée empruntant
Les ailes de la poésie,
Par l'enthousiasme saisie,
Jusqu'à toi s'élance en chantant.

Mais lorsqu'on voit, la paupière
Close par les flots de lumière,
Ce gai chansonnier succomber ;

C'est vers ton doux cœur que s'élève
Tout mon amour et tout mon rêve :
Ne les laisse pas retomber !

*

IV.

Il est par des moments où l'âme de la terre
Semble se dérober pour retourner en Dieu ;
Ou du ciel enfourchant les flancs semés de feu,
Elle puise l'extase au céleste cratère.

Mais c'est incessamment que dans un doux aveu
Vole vers toi mon cœur souffrant et solitaire ;
Mais c'est incessamment que ma tristesse austère
Cherche un peu de bonheur au coin de ton œil bleu.

Et c'est toujours ainsi que passent mes journées,
Tournant toujours vers toi mes amours obstinées
Comme un aigle altéré d'azur et de lueur.

Et comme lui qu'enivre et brûle la lumière
A te voir à la fois et si belle et si fière,
Je doute si j'éprouve allégresse ou douleur.

★

V.

Me verras-tu toujours abattu, toujours sombre,
Sans jamais abaisser tes regards jusqu'à moi?
Et, cruelle, tu sais pourtant que c'est à toi
Que mes jours condamnés doivent leurs maux sans nombre.

Ah pourquoi donc toujours m'éviter? Ah pourquoi
Ne me pas arracher des douleurs où je sombre?
Plus grand, sentant le monde en moi quoique ton ombre,
Je serai ton esclave et je me croirai roi.

Dis-moi, ne vois-tu pas s'aimer les fleurs vermeilles?
Le lys se ferme-t-il aux chansons des abeilles?
La colombe aux doux vœux fuit-elle constamment?

Et toi tu n'aurais pas pitié de mes alarmes,
De moi qui ne demande, après mon long tourment,
Qu'un rayon de tes yeux pour essuyer mes larmes?

*

VI.

En la suivant toujours hautaine, j'ai pleuré ;
Et comme un gai rayon l'invoque mon délire,
Elle, dont la naïve arrogance déchire
Le douloureux bonheur de la voir, ignoré.

Car jamais sur mes pleurs son œil s'est égaré ;
Car elle fuit aux mots d'amour que je soupire ;
Sa pitié veut se taire, et les chants de ma lyre
Ne trouvent pas d'écho dans son cœur adoré.

Et malgré tout je l'aime et je préfère encore
A quelque feint dédain un sanglot qui l'implore,
Un amour sans espoir à l'oubli sans douleur.

Je veux l'aimer toujours, dût mon âme souffrante
La voir toujours ainsi moqueuse, indifférente,
Elle qui sait porter dans ses yeux mon bonheur.

*

VII.

Que ce soit amertume ou joie,
Sans jamais en être écarté,
Tout poursuit l'immuable voie
Que fixa la fatalité.

Or c'est vers toi que je déploie
Mon rêve et ma félicité,
Sans que, pauvre aveugle, je voie
Fuir de jour en jour ma gaîté.

Comme amoureux de la jeune aube,
Le pleur de la nuit se dérobe
Du sein ténébreux de la fleur.

Chacun de mes vers, larme ailée,
Fatalement prend sa volée,
Pour s'évanouir dans ton cœur.

VIII.

J'aime la solitude où dans l'air ne s'élève
Que le chant des oiseaux, du poète les vers ;
Où songeant mieux en toi, dans toi rêvant sans trève,
Je sens en moi vibrer de sublimes concerts.

Là s'entr'ouvre ma strophe à l'odorante sève,
Étalant dans son sein l'azur de tes yeux clairs ;
Là t'évoquant sans cesse, il me semble, vain rêve,
Que tu viens avec moi dans les sentiers couverts.

Alors nous enfonçant sous le feuillage sombre,
Nous errons, aspirant les voluptés sans nombre
Que le jeune zéphyr effeuille autour de nous.

Et ton front sur mon front, et ta main dans la mienne,
Je te presse sur moi, murmurant l'antienne
De ce psaume éternel qu'on ne dit qu'à genoux.

*

IX.

O toi, si tu savais de quel amour je t'aime;
O toi, si tu savais quelles sont mes douleurs,
Tu daignerais m'entendre, et ta pitié suprême
Pour tant de jours mauvais m'en voudrait de meilleurs.

Toi si pure, tu n'es pas, je le sens, de même
Que celles dont le froid calcul à nos pâleurs
Daigne à peine accorder quelque sourire blême,
Et dont le cœur séché n'a soif que de nos pleurs.

Toi si belle, tu dois m'aimer, car je t'adore;
Parce qu'à tes genoux je souffre, je t'implore,
Oh! parce que je souffre, hélas! tu dois m'aimer.

Toi si douce, tu dois m'aimer, moi qui succombe,
Qui verrais souriant le trépas m'acclamer,
Si j'emportais du moins ton regard dans la tombe!

*

X.

Pour moi tout a perdu ses charmes,
Tout jusqu'aux charmes des douleurs ;
Champs pleins d'amour, de gais vacarmes,
Désormais cachez mes pâleurs.

La nature qui boit les larmes
Qu'au matin, la nuit, sur les fleurs,
Verse, aimante, dans ses alarmes,
Peut-être séchera mes pleurs.

Il faut l'espace à mon grand trouble :
Ainsi l'oiseau blessé redouble
Son vol soudain séditieux.

Puisons d'en haut le calme austère ;
En vain, si je la fuis sur terre,
Je la vois en sondant les cieux.

*

XI.

Enfin, lutteur blessé, je suis las des combats.
Fuyons! c'est un trop long et trop cruel martyre,
Que de la voir folâtre et ne regardant pas
Alors que torturé j'implore son sourire.

Fuyons! sur ces pavés j'entends encore bruire
Son pied qui m'effleurant semblait rire aux éclats;
Fuyons où mon regard, qui la cherche et désire,
Ne puisse retrouver l'empreinte de ses pas.

Peut-être as-tu perdu sa trace, ô verte plaine?
Mais là ce sont les fleurs qui gardent son haleine;
Là les oiseaux rendant sa note au trait moqueur.

Plus loin! encor plus loin! égarons ma folie...
Mais hélas! vain effort, où fuir pour que j'oublie
L'empreinte que si belle, elle a fait dans mon cœur?

★

XII.

Lorsque je la vois hautaine qui passe,
L'œil moqueur, bluet par le rire éclos,
Je sens mon cœur fondre en de longs sanglots :
C'est l'angoisse accrue où l'espoir s'efface.

Lorsqu'en un mépris sa lèvre se trace,
Rose qui perla la rosée à flots,
Un frisson tuant envahit mes os :
C'est la vie éteinte où la mort grimace.

Et dans mon matin qu'assombrit le soir,
Entre l'espérance et le désespoir,
Un combat, hélas ! inégal, m'obsède.

Grâce ! ô toi par qui je tombe abattu ;
Toi qui fis mon mal et sais le remède,
Qui tiens dans tes mains mon sort, — que dis-tu ?

*

XIII.

C'est dans l'ombre où la fleur se refermant sur elle
Communique au penseur son rêve parfumé ;
Où dans un doux baiser l'oiseau s'endort charmé ;
Où sous l'insecte ardent frissonne l'herbe frêle.

C'est là que toujours seul, me repliant sous l'aile
De mon amour saignant, qu'un sourire eût calmé,
Dans ces champs où tout jette un soupir enflammé,
C'est là que toujours seul je viens pleurer, cruelle.

Poursuivant l'idéal qui me fuit sans retour,
Je cherche un peu d'espoir où se trouve l'amour,
Retrempant dans la vie une existence éteinte.

Mais plus vives bientôt renaissent mes douleurs,
En entendant ma voix, qu'étreint le poids des pleurs,
A tant d'échos joyeux ne mêler qu'une plainte.

★

XIV.

Comme l'alcyon sur la grève,
Lys des cieux par son blanc contour,
Voit plaintif tomber tour à tour
Ses plumes que l'autan soulève ;

Une illusion chaque jour,
Sous mes douleurs hurlant sans trève,
Tombe des ailes de mon rêve
En emportant l'espoir, l'amour.

Et chaque jour mon vol s'affaisse :
De plus en plus pris de faiblesse,
Je m'abats, hélas! pauvre oiseau.

Pour aujourd'hui c'est la souffrance ;
A demain la désespérance :
Alors ce sera le tombeau!

*

MOTIFS.

I. Allez vers elle, ô mes pensées.

II. Quand ton regard s'abat sur moi.

III. Ainsi dans la voûte éclaircie.

IV. Il est par des moments où l'âme de la terre.

V. Me verras-tu toujours abattu.

VI. En la suivant toujours hautaine, j'ai pleuré.

VII. Que ce soit amertume ou joie.

VIII. J'aime la solitude.

IX. O toi si tu savais de quel amour je t'aime.

X. Pour moi tout a perdu ses charmes.

XI. Enfin, lutteur blessé, je suis las des combats.

XII. Lorsque je la vois hautaine.

XIII. C'est dans l'ombre où la fleur se refermant sur elle.

XIV. Comme l'alcyon sur la grève.

Caen, Imp. F. Le Blanc-Hardel.

www.ingramcontent.com/pod-product-compliance
Ingram Content Group UK Ltd.
Pitfield, Milton Keynes, MK11 3LW, UK
UKHW020448220726
13923UKWH00005B/2409

9 782019 495725